FERNANDO MARCELINO

ÚLTIMA HORA

KOTTER
EDITORIAL

Coordenação editorial: Sálvio Nienkötter
Editor-executivo: Daniel Osiecki
Produção: Cristiane Nienkötter
Capa e design editorial: Carlos Garcia Fernandes
Imagem da contra capa: Yuri Campagnaro "Porco incendiário", Cidade Industrial de Curitiba". Óleo sobre tela.
Preparação de originais e revisão: O Autor

Dados Internacionais de Catalogação na Publicação (CIP)
Angelica Ilacqua CRB-8/7057

Marcelino, Fernando
Última hora / Fernando Marcelino. -- Curitiba: Kotter Editorial, 2022.
96 p.

ISBN 978-65-5361-122-1

1. Poesia brasileira I. Título

CDD B869.1

22-4028

Kotter Editorial Ltda.
Rua das Cerejeiras, 194
CEP: 82700-510 - Curitiba - PR
Tel. + 55(41) 3585-5161
www.kotter.com.br | contato@kotter.com.br

Feito o depósito legal
1ª Edição
2022

FERNANDO MARCELINO

ÚLTIMA HORA

“não é desprovido de charme este mundo terrível,

nem de manhãs pelas quais

vale a pena acordar”

Wisława Szymborska

Sumário

PRA QUE TE QUERO, POESIA?

Me pediram
um poema
domesticado,
com a devida carga lírica
versos curvados
e sem esquecer os
detalhes inúteis
que entretém tantos.
Algumas digressões
que possam virar
cinismo
e salvar o descompromisso
social.
Nada de
versos sobre a vontade
violenta
de buscar
um novo caminho.
Muito menos
sobre o holocausto colonial,
nossas classes,
nossas mentalidades,
nossas guerras,
nossas resistências.
Dinamito estas pretensões
baixas e rasteiras,

poema tem poder,
podendo ser
inofensivo,
distraído
ou combativo.
O poema
faz seu objeto
no movimento
do real,
estoque
indigente
das dores
reprimidas
escondida
nos discursos
vistosos
que apagam
da memória
o ato sublime
de contestação.

Me desculpe,
é impossível fazer poemas
sem compreender o tempo
no qual vivemos.
Sobram panfletos
de auto-ajuda poética
digressando elogiosamente
basicamente sobre nada.

De repente
me advertem
que não tenho poderes
para pensar o penso.
Sou classe dominada
e preciso aprender
a arte da
resignação.
Afinal,
estamos no
fim da história.
Me lembram receosos
dos vícios populares,
da ditadura comunista
e as boas intenções das
bombas de napalm
na Grécia e no Vietnam.
Apenas mais uma
arma necessária,
apesar das consequências,
claro.
Digo enfesto:
e o apelo poético?
A verdade é o todo,
sabia Hegel.

Não é razoável
nem honesto
abstrair

relações

e histórias

escolhendo

qual preferimos,

pra não incomodar

conformados.

Te pergunto:

não há necessidade moral

de desafiar a opressão?

Espantoso pensar

nesta dominação

por todo lugar.

Que é ser dominante?

Classe dominante. Classe que

comanda destinos nos quais despreza.

Classe que vive de heranças

com sangue colonial,

vive para si e em si mesma,

tudo em torno do seu mundinho

dopado de marketing.

Classe que engana

milhões

com idéias

sórdidas

veiculadas pelos

especialistas de ocasião.

Classe que se vinga

até a última gota

de todas gentes
que se levantam
em rebelião.
Classe numericamente ínfima,
mas maioria esmagadora de poder,
2755 bilionários e seus impérios
mega-rentistas
interligados numa rede sinistra
de oligarquias acionistas-proprietárias,
seus delegados, executivos
e empregados.
Classe que monopoliza
não só opinião,
mas emoção, sentimentos,
sensibilidades e intuições,
sempre politicamente corretos.
Talvez não seja tema de poema
mas sinto dizer
que fora a classe dominante,
ninguém manda,
alguns acham
ou fazem pose,
mas mandar mesmo
só pros 1% no topo.
Os outros...
são canibalizados
por poderes
que pregam a omissão social

e o consentimento.
Sei que atitude crítica
não ganha regalias.
Sequestram a opinião pública,
demonizam pessoas indesejadas,
vestem o poder armado
com roupa moral,
interpretam a "lei" para
servir interesses,
camuflam métodos
de genocídio,
escondem seu poder
hereditário
falando
em "mérito",
assim
como os cadáveres
frescos
de suas guerras
particulares.
E aqui,
num país tragado,
onde tudo é pra'lguns,
índios são mortos como ratos
negros queimados,
pobres empobrecendo
é ledo engano não se interessar
pelo destino da nação.

Como fazer poesia
enquanto classes
dominam com sua
eminente intelligentzia
e praticam genocídios
com ternos gucci?
Como fazer poesia
quando existimos
para servir
interesses alheios,
do Pau-Brasil, viveiros de café até a soja?
Como fazer poesia
quando uma minoria
dirigente
se contenta com o escárnio
na maior desfaçatez?
Como fazer poesia
se nada que interessa ao povo
preocupa nossas "elites"
interessadas no seu jat novo?
Como fazer poesia
quando o Estado
serve de lobista
negociando a venda
da alma brasileira?
Como fazer poesia
se bem nutridos
dormem tranquilos,

indiferentes

ao mal secular

do "cidadão de bem"?

Como fazer versos

elegantes e descolados

se nossa juventude vive

despolitizada e desinteressada?

Juventude deserdada

de solidariedade e

orgulho do povo

pela ditadura militar,

ignorantes de que o atraso

é lucrativo

pra uns poucos

medíocres e lascivos.

Me pedem

palavras vazias

em troca de reputação efêmera.

Me julgam com

padrões estreitos.

Me exigem

um "poema puro"

não convocado pelas tripas,

melhor ainda seria um

que não se

declame

de tão sem sabor.

Quero dizer-te:

poderia fazer um verso
sobre os rios
em toda
sua magnitude,
mas esquecerei dos rios
envenenados
pela ganância
sem limites?
E os massacres em nome da justiça?
Quem assume a culpa?
Quem implantou esse sistema?
Quem ganha com
tal miséria?
Reiteraram que desse jeito
os críticos pós-estruturalistas
não vão se debruçar neste poema
sem qualidades.
Outro disse:
ideal é um "poema neutro"
que não grite contra o açoito
e nada diga de assombroso.
Pelo amor de Deus,
o que realmente
está acontecendo
no mundo?
É possível fazer poemas
ignorando
as atuais

crises capitalistas?

Porque

os Estados Unidos

estão perdendo

sua condição

de potência

mais desenvolvida?

Para onde vai a Europa? E a Ásia,

África e Oriente Médio?

Que passa

em Pequim, Hanói e Havana?

Qual destino

dos latinos

empobrecidos pelos

iluminados do norte?

O ecocídio é nosso caminho?

E o capitalismo brasileiro,

está ou não em crise?

E os monopólios

que nos dominam,

como estão?

Os lucros de bilhão

de bancos cartelizados?

Que explica

a crescente

desindustrialização?

E a esdrúxula

propaganda do agronegócio

como a "verdadeira indústria"
do Brasil?
E as demandas econômicas,
culturais, sociais e políticas
das classes
trabalhadoras, médias
e marginalizadas?
A sobrevivência física
e os baixos salários?
Toda gente
vivendo
por aí
esfarrapada.
Não merece
nenhum verso
nem afago?
De que adianta conhecer
grandes literatos
se é imbecil
sobre problemas reais,
sem viver com nossas gentes
nem estudar em profundidade
toda situação que nos falece?
Sem sonhos e nem fibra
fragmentando-se em partes
indiscerníveis
de impotência consentida,
às vezes até desejada.

Sim, no poema cabe
a classe que esmaga
pra plantar e exportar
ao estrangeiro.
Classe invisível
que aniquila:
Palmares e Contestado,
Botocudos e Bugres,
Guaranis e Xetás
Kaigangs
trucidados em Guarapuava.
Bandeirantes, assassinos,
grileiros e jagunços,
glorificados pelo exímio
extermínio, até ganhar
punhados de réis e ouro.
Parece óbvio,
mas não é:
se existem classes,
as pessoas pertencem
e representam
uma classe.
A luta de classes existe em nós
despedaçando-nos no sangramento
interno de vulcões sufocados,
ira dos gritos mutilados
transbordando o que ainda não somos.
Existimos

nesse conflito,
assim como existe
em todos nós.
Não existe
vida ou
arte déclassé
supra classes
pós-classe
ou qualquer
distração que o valha.
A classe social que domina
é uma só.
Se não te espanta
com os fariseus,
está com eles,
saiba ou não.
Cães de guarda da desigualdade
escondem a ditadura oculta
dos agenciamentos financeiros
famílias dinásticas
e seus cúmplices
mais ou menos
entendidos.
E ainda culpam
nossas
penúrias
como
imutáveis

naturais

tropicais.

Eles dizem:

o Estado é o mal,

enquanto ocupam cada

espaço político.

Eles dizem:

fique longe da política,

se preocupe com prosperidade

individual, no máximo

seja um bom vizinho.

E se ficar muito ruim da cabeça,

tome diferentes comprimidos,

anti-psicóticos, ansiolíticos e opiácios.

São apenas

as faces ideológicas

pra enganar

todas classes.

Eu sei que isso não vende,

mas a poesia

é pra quem?

Pra que?

Aonde ela está

versando

o caminho para seguirmos?

Seremos impotentes

diante

de toda nossa

potência?

Tranquilizados por algum ganho celestial?

Me desculpe pelo asco

aos sem responsabilidades

sociais definidas, que não

ligam aos reais problemas

do povo e do país.

Não me venha dizer que

é melhor uma invenção

aleatória, carregada de

surpresas e perplexidades.

Não há tempo para tanto

aborrecimento: só quero contar

o que considero importante

e latente.

Há mortos demais – índios, negros,

mulatos, mestiços e polacos,

sem redenção nem saída. Nenhuma

ameaça à vista, dizem conformados

com nossa tragédia os

que perambulam nos livres mercados

disfarçados de farol civilizatório.

Quantas vozes perdidas,

sufocadas em ruídas, destroçadas

pelas armas do poder.

Seriam apenas anormalidades

extravagantes?

Não seria o fundamento

do bem-estar da classe no poder
e seus domesticados funcionários?
Talvez
não se saiba,
mas somente quem tem
riquezas e poder é que decide
o destino geral.
O resto está
a mercê
dos seus desejos.
A violência contra os fracos,
as forças organizadas
e suas cabeças
são decepadas
sem maior escárnio.
Seria a manipulação encomendada
dos fatos
ou cultivo inconsciente
de alienação – o que é isso?
Saúdo os poetas
da Inconfidência
Tomas Antonio Gonzaga
Cláudio Manuel da Costa
Alvarenza Peixoto.
Nunca
passaram a mão na cabeça
do Fanfarrão Minésio e do
traidor Silvério dos Reis.

Saúdo Cruz e Souza
e Luis Gama. Saúdo
Carolina Maria de Jesus.
São os Silvérios dos Reis
espalhados por aí
que não saúdo.
Na calada da noite,
pergunto por onde anda
o marinheiro negro,
enterrado para morrer junto
com sua ação exemplar
de rebeldia?
Já encontraram os restos de
Paulo Wright
trucidado no DOI-CODI?
Quem suicidou Herzog? E tantos outros
suspensos a ganchos,
afogados em banheiras, queimados,
eletrocutados, privados de água,
impedidos de dormir,
espancados, humilhados,
que perderam as unhas com alicate,
os bicos dos seios, depois queimados com charuto.
Do pau de arara então jogados
em celas úmidas
cheias de tuberculose
gerando estados
permanentes de medo.

Todos reduzidos a nada
conferindo o sentimento
de poder supremo aos algozes.
Os mesmos
de lá estão cá. No capitão do Planalto
vive um Ustra
enrustido que pode ser
também
seu vizinho reacionário,
agente do atraso, da vilipendia
contra tudo que é nacional
e popular.
Vamos fazer poemas
com estrita
determinação do inimigo.
A rima é de menos,
importante é o ritmo
das mudanças
que podemos fazer
enquanto vivemos.
A noite veloz
ainda corre dentro de nós.
Não esqueçamos de Ferreira Gullar
(apesar de seu direitismo tardio)
ao pedir licença
pra versar a diarreia
que mata mais
que bala de fuzil,

talvez seja hora
de poesia realista
tão implacável
como é o Brasil.
Aqui a guerra de classes exige
arte econômica, social,
e cultural. Arte política,
religiosa e criminal.
Para que te quero, poesia?
Poesia como
procedimento
de verdade.
Nada mais.
A poesia não some
com o poder das armas.
Pode ocultá-la,
invisibilizá-la,
confundi-las,
isolá-las,
ofuscá-las,
matar enquanto
projeto nascente,
mas também podem viver,
crescer e acender na sílaba
toda alma inconfidente
do povo em tempestade,
eterna busca de unir
justiça, fé e liberdade.

SUB-HUMANO

Dizem que um futuro
igualitário é criminoso
e um sonho sombrio
de uma ditadura sangrenta.
Dizem conhecer nossas
boas intenções
mas não podem tolerar
tal ameaça "totalitária".
Citam até Hannah Arendt:
o Terceiro Reich e União Soviética
eram similares totalitários,
proclamam.
Desde então, os Estados Unidos
são modelo de
democracia aos
desavisados de plantão.
Os nazistas aprenderam
bem com o
white supremacy.
Dos EUA vinha a
referência contra
os perigos do despertar negro.
Quantos crimes esquecidos?
Ku Klux Klan sólido bastião
do Mein Kampf.

Elcs cantam:
enforca o judeu!
enforca o comunista!
enforca todas pragas!
Não se importem,
apesar da aparência humana
não merecem dignidade!
"Nós precisamos absolutamente
de escravos" dizia Himmler.
"Proibido o ingresso de cães
e chineses" diziam os invasores.
Capitalismo e eugenia,
dois amores.
Eles dizem: é culpado
quem se revolta contra
a raça dos senhores brancos.
esses underman,
tristes resíduos inimigos
viventes sem valor.
Qualquer indignação é denominada terrorista.
A ordem é exterminar a massa
desses sujeitos inferiores,
selvagens e bárbaros.
Grande invenção estadunidense!
Tudo para salvar a civilização!
Para Himmler,
Henry Ford era quem
trazia a revelação,

a solução final

exterminando

ameríndios.

Financiou o nazismo

Bank of América, Dilon Read, Harris Bank,

Monrgan, Guaranty Trust, Chase Manhattan,

Standart Oil, Du Pont, Dow Chemichal,

General Motors, Ford Motors, Firestone, IBM.

Era necessário

salvar os arianos

dos sub-humanos –

bolcheviques, judeus, eslavos

queimando vivos em Auschwitz

Sobibor, Bergen-Belsen, Treblinka, Maydanek

Buchenwald e Dachau.

Nas câmaras de gás

o tóxico Zyklon B: ácido cianídrico,

cloro e nitrogênio, fornecido pela I.G. Farben.

E ainda hoje

gritam "Poder branco!"

- Calma, deve ser apenas

um resquício inofensivo

da escravidão!

Linchamento sádico

dos indígenas, negros e amarelos.

- Veja, apenas um esporte ou

melhor,

um espetáculo

democrático!

Campo de concentração

há mando de Roosevelt.

- Mais uma conquista!

Luther King, Malcom X e Bob Kennedy.

- Uma justa eliminação

das forças vivas

subversivas.

Ditaduras militares

na América Latina,

genocídio no Estádio Nacional de Santiago

- Apenas ervas daninhas

que devem ser cortadas do quintal.

Destruição do Afeganistão, Iraque e Líbia:

- Uma lição aos infiéis,

melhor que voltem

há condição

natural de escravidão.

Bravo!

Atitudes morais elevadas

em Abu Ghraib

e Guantanamo!

Drones explodindo "alvos"

e quem mais

estiver no caminho.

- Uma nova racionalidade cirúrgica!

Treinamento de juízes e procuradores,

guerras híbridas no Egito, Ucrânia,

Hong Kong e África do Sul,
Tunísia e Argélia,
Jordânia, Venezuela, Bolívia,
Argentina e Brasil.
- Infowars para o bem
dos interesses legítimos do glorioso
Ocidente!
Espionagem industrial
roubando segredos e
manipulando desejos
- Tudo pela segurança nacional!
Nos comandos da OTAN
águias orientam evitar,
ou melhor, exterminar
elementos
subhumanos.
Charleston
revivendo em 2017
o sonho fúnebre dos Pais Fundadores.
Ó América,
em tua sombra
povos desaparecidos
que viraram pó.
Todos culpados
por todas desgraças.
Malditos,
merecem uma aniquilação
profundamente

protestante.
Todos que não concordem
com
white supremacy
em escala planetária
estão excluídos:
indígenas, negros,
asiáticos, eslavos,
russos, judeus,
árabes, latinos,
imigrantes,
povos coloniais,
todos subhumanos
underman
underclass
untermenschen.
O que vale um libanês,
angolano,
chinês,
líbio
guatemalteco
ou brasileiro?
Como ousam desafiar
o poder branco,
a invejada democracia
de senhores proprietários?
O inimigo vive disfarçado,
mas é possível conhecê-lo.

Onde há opressão,
há reação,
o devir
dialético
da espécie.
Sim, a humanidade existe!
Continuo acreditando
na unidade do gênero humano
contra todas as bestas coloniais,
supremacistas de berço esplêndido
e agentes do horror
imperial cotidiano.

À ESPERA

Os bárbaros
ainda não chegaram
Kaváfis?

- os bárbaros chegam hoje.

E porque os bárbaros
insistem em nunca chegar?

- é que os bárbaros chegam hoje,
no máximo amanhã.

E os dias do futuro
perdidos com medo dos bárbaros?

- a barbárie está entre nós como nos outros.

EM 1952

Para Aramis Millarch

A carne foi
o estopim.
A carne cara e
uma cena prosaica.
Donas-de-casa contra a carestia,
particularmente da carne.
Um boicote contra os traficantes da fome,
como elas definiam os comerciantes.
Num açougue no Cajuru
foi onde a guerra começou.
Ao pedir um cruzeiro de fígado,
uma mulher hostilizada
pelo açougueriro.
Teria dito que não faz caridade
e ia custar mais caro ainda,
terminando por exclamar:
que povo idiota!
Brilharam os olhos daquela humilde cidadã
que gastava o último dinheiro
para fazer alguma coisa
capaz de aliviar a fome que
há muito,
ronda seu lar.
Lembrou do marido exausto ao chegar em casa

e encontrar mais um ralo feijão,
misturado com couve, colhida no quintal,
à margem da valeta, que serve de esgoto
e abriga o tifo e outras doenças.
Estremeceu à lembrança dos filhinhos
cada vez mais magros.
Mesmo sem saber porque,
dando vazão a um sentimento
que ignorava existir,
em seu íntimo,
aquela mulher esqueceu o cutelo
com que se armava o açougueiro e
lançou ao rosto daquele homem,
salpicado de sangue e enodoado de sujeira,
o miserável pedaço de fígado
e foi assim que começou.
Açougues invadidos e depredados,
sendo as carnes neles expostas
atiradas à rua.
Vários açougues ante a aproximação
da massa popular,
cerraram suas portas,
porém foram arrebentadas.
Iradas com a atitude da polícia,
várias mulheres,
apanhando carnes espalhadas pela Praça Zacarias,
lançaram nas sobre as autoridades
que procuravam acalmar

os ânimos

das mais enervadas.

Armados de facas e cassetetes,

funcionários do açougue Garmatter

procuraram defender o estabelecimento,

porém a polícia interveio

e impediu que o incidente

tivesse trágicas consequências.

Em vários açougues ainda havia,

ao anoitecer, pedaços de garrafas

que continham combustível

e que eram destinadas

a incendiar as carnes.

Na Praça Tiradentes,

nas imediações das Casas Pernambucanas,

um grupo de guardas participou

de uma rixa com populares,

havendo trocas de socos e cacetadas.

A tensão continuou nos dias seguintes.

Na avenida João Pessoa, a Polícia Militar

investiu fortemente contra manifestantes

que se aglomeravam diante do Braz Hotel.

A pancadaria atingiu mesmo

os que saíam da sessão

do Cine-Teatro Palácio.

Em nota oficial,

depois de todo descalabro,

o chefe da polícia,

coronel Albino Silva,

punha a culpa nos comunistas.

Segundo o militar,

os "agentes de Moscou",

"travestidos em defensores das causas justas,

buscam a sua ação criminosa e impatriótica,

e para isso abusam da boa fé e se apropriam

dos motivos de reivindicações

que mais de perto falam ao coração do povo,

no afã de arrastá-lo e compartilhar de seus

propósitos inconfessáveis".

JUROS

Na Faria Lima
mais um belo dia
no escritório
do vigésimo segundo andar.
Negociam imóveis,
carros, relógios, cavalos,
helicópteros, jóias,
bebidas de viagens.
No almoço um ifood
entregue de bicicleta
pelo jovem esganiçado
que pedala doze quilômetros
por três reais.
No escritório,
câmbios e juros
aditivos e outro incentivos
Um diz: melhor investir
na bolsa, aqui são muitos riscos.
E foi aplaudido
efusivamente
em Wall Street.

VOCAÇÃO AGRÍCOLA

Tuas cadeias produtivas
não inovam como deveriam.

- é nossa vocação agrícola.

Florestas no chão,
veneno, escravidão.

- não se preocupe, é nossa vocação agrícola.

Transgênicos, glifosato
invasão de terras indígenas.

- é nossa vocação agrícola. O agro é pop.

Rios secos e podres,
gados cagando fósforo,
incêndios criminosos,
seca e extinção.

- é nossa vocação agrícola.

SEMANA DE 22

Na hora letal e fria
Pegaste o porco nazista
Sangraste o porco nazista
Que pretende macular
O teu bocado de pão
O teu bocado de honra
O teu bocado de lar

Oswald de Andrade

Da grande explosão
que ninguém viu,
eis na semana de 22
a renovação
cultural e artística
na pintura, gravura,
dança, literatura,
arquitetura e teatro
contra o teor
    escravista que se fazia
    até então.
Cem anos depois,
diante da atual situação,
convoco sem alarde
que possam renascer
Oswald de Andrade

Anita Malfati

Mario de Andrade

Di Cavalcanti

Portinari

Heitor Villa-Lobos

Manuel Bandeira

Tarcisa do Amaral

Raul Bopp

Jorge de Lima

Pixinguinha

Manoel Bandeira

Cassiano Ricardo

assim como

Carmen Miranda

Guarnieri

Guerra Peixe

Guimarães Rosa

Pagu

Oscar Niemayer

Graciliano Ramos

Cecília Meirelles

Ariano Suassuna

Dias Gomes

Carlos Drummond

Zina Aita

Lúcio Costa

Jorge Amado

João Cabral

Sérgio Buarque
Manoel de Barros
Ferreira Gullar
Walmor Marcelino
e quem mais
viveu do ensejo
pela conexão
com o espesso
e sinuoso chão
fazendo com suas mãos
uma arte mais brasileira
                    mais moderna.
Pode ser importuno
te tirarem do sono profundo,
mas declaro encerrada
          tuas mortes.
Sei que estão em outro momento,
mas peço solenemente que revivam
          pois o velho conformismo
amarrado a forma antiquadas
          e sutilezas técnicas
          neoparnasianas
          tomou conta.
Sim, talvez seja muito
pedir tal súplica
mas peço que revivam,
pois estamos
          no fim da linha.

Mais do que antes
o atraso reacionário
        nos impregnou.
Vosso encontro
se tornou
        assim necessário.
Precisamos de novo
insurreição nos
        domínios da inteligência.
Preferiria que pudessem
descansar em paz,
mas as evidências
indicam a vitória
da desrazão como
        emergente padrão.
Nossa consciência nacional
e coletiva
está meio perdida
        recuando à barbárie.
Sei que estão
sendo esquecidos,
mas precisamos
        dos seus espantos.
Em nome dessas
necessidades
façam desse centenário
o palco da agonia
        em ebulição.

Convoco tuas forças,
se levantem
novamente em 2022.
Se possível,
ressurjam dos mortos
e tomem nossas entranhas
numa manifestação
pública coletiva.
Se não for pedir demais,
venham com as guerrilheiras
Bárbara Heliodora, Marília
e Anita Garibaldi.
Se possível
ressuscitem Alejadinho
e os pica-paus,
lutadores de Canudos,
Zumbi dos Palmares,
Tiradentes e todos inconfidentes.
Chamem Pedro Ivo
e os esfarrapados,
não esqueçam
dos pelados do Contestado.
Tragam pelo braço
João Cândido e Julião.
Todos índios exterminados.
Se encontrarem
Augusto Boal, Ana Montenegro,
Mario Lago, Betinho, Ignácio Rangel,

Zuleika Alambert, Aldir Blanc,
Sócrates, Reinaldo, Lélia González,
Brizola, Maria Firmina dos Reis,
Antônio Girão Barroso, José Alcides Pinto,
Horácio Dídimo, Pedro Henrique Saraiva Leão
Samuel Wiener, Anita Carrijo, Nelson Werneck Sodré,
Carolina de Jesus, Dona Ivone Lara,
Ruth de Souza, Marielle, Antônio Candido,
Beth Carvalho, Vinícius de Moraes e Sabotage
por favor,
        vos ressuscitem também.
Darcy Ribeiro,
não te reprovo
se quiser tentar
        de novo
        tudo que fracassou.
Venham nos socorrer.
Tragam família e camaradas.
Declaro terminada tuas eternidades.
O privilégio de tuas
        presenças anúncio.
Podem chegar sem avisar,
mas venham depressa
        com o povo lutar.
Já escuto seus passos
        e escuto suas vozes.
A terra ferve
        e vejo seus rostos.

Sei que estão vindo,

pois este é o momento.

Despertem para

um novo destino.

Reconstruir

a fina melodia de

um projeto (quase perdido)

de nação.

Venham até nós,

renasçam,

saiam de seus túmulos

que vamos em cortejo

reviver o Brasil.

Atenciosamente.

ÍMPETO

Fôssemos infinitos
tudo mudaria
como somos finitos
muito permanece

Bertold Brecht

Castigado pelas faltas
intermitentes me
esgrimo perdido
procurando
as palavras
que exprimem
inexatas
a lava
o peso
a frase intacta
dos fracassos que
insistem
(e como insistem)
em vigiar
todo o caminho.

DUCE

> "Criamos nosso mito. Esse mito é feito de fé e paixão. Não precisa ser realidade. Tudo pode ser decidido pela força, pois na história é a força que decide tudo".
>
> Benito Mussulini

Nem Mussulini
sabia bem o que era fascismo.
Não eram muitos
até entre os fascistas
que se davam conta
do que realmente acontecia.
A maioria não via
qualquer urgência
de se opor à Mussulini.
Se ele fracassasse,
o fracasso seria dele.
Assim toleraram
numerosos atos de violência
e logo aceitariam
uma severa limitação
dos direitos e liberdades.
Seria uma situação
temporária devido às
circunstâncias especiais.
Ouve um coro de aprovação

entre entusiasmo

e resignada aceitação.

E assim se foram 21 anos.

GRANDE HOTEL ABISMO

Equipado com todo conforto,
à beira de um abismo,
da vacuidade, da absurdidade,
da falta de todo sentido
tudo está permitida
toda embriaguez
e melhor:
nenhuma exigência
de legitimidade,
apenas no nível espiritual,
uma filosofia da
vida individual.
A contemplação diária
do abismo, com
comidas esplêndidas,
prazerosamente degustadas
entre curiosas obras de arte,
realçando o gozo
do conforto refinado.
No grande hotel abismo
lutas de classes
são desastrosas,
desnecessárias e
obsoletas.

Melhor valorizar
a espontaneidade e os traumas

sociais como se fossem descobertas
profundas de si.
Mas sentimentalismo
destrói o verso e
nega todo programa
concreto.

Subjetivamente
honestos
objetivamente
à serviço
involuntário
das formas
de domínio.
Sem intenção,
vivem nos
limites invisíveis,
fechando os olhos
diante do óbvio,
pairando acima
de todas e todos,
cheio de histórias
que giram sobre si
como cata-vento.

"eu acredito que Deus presidiu a criação desta nação. Eu acredito que ele pensou nos Estados Unidos as visões da liberdade. Somos escolhidos para mostrar às nações do mundo como elas deverão andar nos caminhos da liberdade".

Woodrow Wilson

"a nossa missão de dirigir o mundo é eterna".

Bill Clinton

"a nossa nação foi eleita por Deus e tem mandato da história para ser o modelo para o mundo".

George Bush

Os Estados Unidos

são uma nação

não somente única,

mas também superior a todas outras.

É isso que dizem.

Por isso

tem o armamento

potencialmente mais destrutivo

que o mundo já conheceu.

US$ 750 bilhões por ano

5800 armas nucleares

11 porta aviões

13298 aeronaves

415 navios

2362 caças de combate

2831 bombardeiros

5768 helicópteros

6827 tanques

1366 lançadores de foguete

91 destroyers

62 submarinos

800 bases militares

76 na América Latina

e o saldo de

226 guerras nos seus 245 anos.

Para os povos que

se contagiam pelo espírito

de emancipação,

o Império cria condições

para inanição, caos,

bloqueios, operações especiais,

expedições punitivas,

catástrofes humanitárias.

"Façam com que a economia

grite de dor" diz Henry Kissinger.

O terror infundido nas colônias,

a bárbara

discriminação entre humanos.

Para quem não aceita,

a força moral emerge

como os jacobinos negros

de São Domingos,

a batalha mais bela e trágica
pela liberdade da história mundial,
na resistência contra aniquilação
dos peles-vermelhas,
negros, imigrantes,
na discriminação dos latinos,
nas guerras operadas pela Black Hawk
Hallinburton, Bechtel, DynCorp, Kellog
e na Palestina,
sob julgo arbitrário
de expropriação e cárcere,
ocupação extrajudicial
vista com bons olhos.
Já no Consenso de Washington
tudo deve parecer civilizado,
decente, democrático e justo. Mas
quem acredita é esmagado pelos
que não são tão tolos.
Por trás do refinamento
a ganância
seduzindo
enganando
sutilmente
para impor seu horror
em cada canto do mundo.

IMPÉRIO

WHITE SUPREMACY
WESTERN SUPREMACY
AMERICAN SUPREMACY

WALL STREET
WAR STREET
WEST VERSUS THE REST

LIBERAL DEMOCRACY
NEOLIBERAL DEMOCRACY
COLONIAL DEMOCRACY

DEMOCRACIA BURGUESA

Aqui jaz
a democracia burguesa.
Foram tantas promessas retumbantes,
frases pomposas e consignas de liberdade
sob práticas de violência, guerra e desigualdade
que não resistiu e morreu.

HISTÓRIA

Em qualquer lugar do mundo
não há desgraçado linchado ou torturado
que não seja eu também
assassinado e humilhado.
Almé Cesaire

A história não se foi.
Está aqui,
como rajada de silêncio.
Definida pela luta,
não doutrinas,
        nem consciência
presa em ilusões.
Não importa ser,
        importa lutar.
A ação não tem
        fundamento no ser.
O poder nasce do fazer.
Política se responde com política,
acomodação com movimento,
agressão com autodefesa,
contrarrevolução com revolução.
        Aí se faz história.

REPÚBLICA POPULAR DO BRASIL

Queria a integração povo-exército,
soldados do quartel
no trabalho comunitário.
Unidade de civis e militares
em novas bases
num trabalho intransigente
de defesa e desenvolvimento,
da soberania de nossa gente,
entregue hoje à sanha
nacionalista de fachada,
entreguista e liberal,
disposta a dar poços de petróleo,
eletricidade e ativos nacionais
para bancos e corporações globais
como se nada valessem.
As Forças Armadas não precisam ser
os guardas comandados por Washington
para manter interesses das classes dominantes.
A submissão aos de cima
deve ser substituída pela integração
com os de baixo.
As Forças Armadas com o povo
numa coluna vertebral,
não com o capitalismo,
impérios monopolistas,
oligarquias, traidores e milícias.

Romper a obediência cega
ao internacionalismo dos EUA
ou qualquer potência do mundo.
Perder o medo
de gritar
independência.
Forças Armadas
que não reprimem
pois se confundem
com o povo.
Batalhões de defesa popular
nos bairros, trabalho, indústria,
universidades, onde cada um se organize.
Fusão de ânimos e vontades,
elementos singulares de verdade
sem tolerância ao erro, despropósito ou vacilo.
Católicos, evangélicos, protestantes, umbandistas,
pais de santo e espíritas,
todos na mesma luta.
Forças Armadas com professores, médicos
e engenheiros, combatendo a fome, doenças,
desemprego e problemas comuns
de milhares de famílias brasileiras,
dever patriótico, missão democrática.
Integrados na transformação social
imediata, efetiva e profunda,
obra suprema de amor.
Que não renunciem

ao melhor armamento
incluindo submarinos nucleares
mas também a melhor educação
saúde e os navios da esperança,
indústria de ponta e alimentação,
saneamento e habitação,
trens-bala integrando ligando o litoral,
esporte, cultura e ciência,
induzir setores estratégicos
novas formas de produção
com a velocidade dos ciclos tecnológicos
rompendo o subdesenvolvimento
rompendo a dependência
com justiça social e ambiental,
ações nas cidades e campos
de alcance nacional.
Que redimam
nossa história e encontrem
o verdadeiro destino
desta grande nação.
Construir um poder popular
organizado e armado
para a defesa da
República Popular do Brasil.

GOLPE E CONTRA-GOLPE

Gigante pela própria natureza,
pequeno pela oligarquia reinante,
fluem rios infindos
subjugada ao império dominante.
Quando gritar independência
sabemos que a Embaixada e a CIA
vão organizar um golpe, comprar políticos,
juízes e a mídia,
enfatizando a nova ditadura
comuno-populista.
Sabemos que vão fazer sanções,
indignados com o povo em ascensão.
Financiar mercenários para
tentar dividir o Brasil,
convocar a IV Frota, reforçar
bases no Paraguai e Colômbia.
Sentindo que a vingança cresce
contra toda humilhação secular,
vão se apoiar
em colaboradores oficiais armados
e grandes proprietários de terra
em milícias privadas
para condenar a "perturbação da paz".
A FIEP e outros patos reacionários
vão se revoltar
dizendo que a ordem social está em risco.

Vão ameaçar bombardear Brasília
e o medo dos privilegiados explodir em
atividades irracionais
capazes de matar, mutilar e torturar.
Mas o crime é deles
e deve ser julgado,
devolvendo aos produtores
tudo que lhe foi retirado.
Em cada rua a dignidade ganha forma
como repúdio aos disparates
que não são mais esquecidos.
Que importa este país ser belo
se é só o povo organizado
que repele o atraso. E o encontro
das massas com seu destino se torna
um encantamento permanente.
Encarnado com paixão descomunal
o povão que temos e somos,
de carne e espírito mestiço,
fruto de muitos sacrifícios,
humaniza nossa desumanidade
na implacável luta pela liberdade,
pela cultura recusada, rejeitada, abandonada
preservando este território da
colonização econômica e mental,
construindo uma civilização
tipicamente tropical,
Nação que comande a si mesma,

um organismo novo, fonte de vida
e poder popular,
enfim a realização integra
de todos cidadãos.

CARTA PARA AS CLASSES DOMINANTES

> Existe uma guerra de classes, isso é fato. Mas é minha classe, a classe dos ricos, que conduz essa guerra e está prestes a vencê-la.
>
> Warren Buffet

Sei de tua imagem benevolente e esclarecida, como dizem representar as melhores práticas e ideias. Também sei de tuas mentiras e te asseguro que ocultar o real com algum verniz cultural já não funciona mais como funcionava.

Entendo que a colonização e o capitalismo-destrutivo te desumanizam. Talvez o desprezo pelos povos, tratando-os como seres inferiores, tragam um grande peso na consciência. Sei que devem ficar tristes em Davos, na fina flor da burguesia mais brega e parasitária que já existiu. Sei que estão com medo de perder privilégios e vivem escondidas entre muros, se protegendo da plebe em fortificações. Talvez precisem de terapia para lidar com tantos massacres interruptos. Ou que se arrependem daquela sentença vendida para o empresário processado por trabalho escravo. Enfim, devem sofrer com as futilidades por dinheiro e poder.

Mas não importa se tem boa ou má-fé, se são bem ou mal intencionados. Isso é irrelevante. Estão condenadas pela barbárie da história. Conheço bem suas horas sombrias, teus instrumentos de dominação em nome do Bem. Não me encanto com o glamour dos pensamentos primaveris, de gente bonita, porém vazia, vendendo um estilo de vida decadente como superior. Não absolvo tuas imposições.

Eu sei que ainda não foram julgadas

pelo tribunal da História,

mas eu julgo.

Ninguém coloniza inocentemente,

ninguém coloniza impunemente.

Todas culturas pisoteadas, terras confiscadas, religiões assassinadas, economias saqueadas, milhões com medo, complexo de inferioridade, desespero e servilismo ainda vão se vingar de todas tuas vilanias. Não sei quando, mas vão.

Dos teus julgadores, sei que dirão que se trata da destruição da civilização ocidental. Mas da colonização à civilização existe distância imponderável. Sei que acusarão seus julgadores como força encarnada das trevas, promovendo apoiadores declarados ou envergonhados, obscurecedores, inventores de subterfúgios.

E quando tudo parecer resolvido, a lava incandescente vai explodir intempestivamente arrastando tudo como incontrolável dragão de fogo puro. O que estava submerso emerge com a multidão em ação fervendo em ebulição contra o tempo acumulado de submissão, coletividades se somam num destino compartilhado povo-massa-nação. E assim vocês serão julgadas, sem qualquer clemência.

PLANETA FAVELA

Bilhões de pessoas
inseguras
desapercebidas
silenciadas
rejeitadas
confinadas
esmagadas
apodrecidas
um terço
da população
global
resignada
desletrada
desdentada
desesperada
endividada
300 mil favelas
adoentadas
estraçalhadas
desempregadas
esfareladas
precarizadas
desesperançadas
chocadas
imbecilizadas
invalidadas

traumatizadas

colonizadas

deserdadas

desenraizadas

destroçadas

esgotadas

espoliadas

sem teto

sem terra

sem pátria

sem meios

de existência

adormecidas

confinadas

eliminadas

pela racionalidade

democrática liberal

capitalista ocidental

dos que vivem no

zoneamento racial da

exclusividade espacial

em cidades particulares

condomínios e alphavilles

cercados por depósitos de gente

armazenada em barracos,

exilada do mundo.

MELANCOLIA

vazio existencial
é alienação
que grunhe
intangível
o cansaço
do domínio
que permeia
invisível
o desalento da
desesperança
a carência
de conexão
a mágoa
da falta
e toda
impotência

VIZINHA

Soube que
        mataram uma vizinha.
Ninguém foi ver,
        pois é comum.
Os gritos foram
        abafados pelo
noticiário no rádio,
afinal,
        é cada um por si.
Depois descobriram
        seu nome, é Patrícia,
mas ninguém se interessou,
        pois era coisa de polícia.
Disseram que era
        amante de um
e nunca mais se
        falou nela, até hoje.

PARA VIVER EM CURITIBA

> Primeira condição: você precisa ter um talento genuíno. Estudar bastante também ajuda, mas não substitui aquele toque de gênio inconfundível que marca e distingue certas pessoas desde o berço. Pois bem. De posse desse talento que Deus lhe deu – e contra a falta de estímulo da família, do meio e particularmente da própria cidade – você deve se atirar de corpo e alma na consecução de seu destino. Cada conquista, cada livro publicado, cada poema, escultura ou canção, cada tela, espetáculo, disco, filme ou fotografia, cada intervenção bem sucedida no esporte, no direito ou na medicina, cada vez que alguém, lá fora, reconhecer com isenção de ânimo que você está produzindo obra ou feito significativo – o seu grau de invisibilidade aumenta em Curitiba. E é muito fácil perceber isso. Primeiro, não faltarão pessoas tentando dissuadi-lo de seu próprio talento. Tudo farão para reconduzi-lo de volta à mediania, ou melhor, à mediocracia, que é o sistema vigente nesse estrato a que denominamos cultura. Se mesmo assim você se mantiver fiel ao sei daimon, à sua lenda pessoal e não arredar o pé de seu destino, a invisibilidade torna-se então um processo irreversível.
>
> Jamil Snege, Como tornar-se invisível em Curitiba, 2000.

É verdade...

Todos invisíveis

falam da autofagia curitibana.

Não poderia deixar de ser,

pois se trata

de marca consagrada.

Tema mastigado

e cuspido tantas vezes.

É um se sentir inferior

todo especial.

Um gozo

que ergue

um muro de silêncio

entre os conterrâneos.

Quem se arrisca

vive prescrito

no tempo

que nunca
virá.
Dalton faz
conscientemente
o que
todos
fazem
sem saber.
Como se atreve?
Não sabe que
somos quase
provincianos?
E assim anda o círculo
sem fim.
Surge alguém
fazendo ruído,
reina a calmaria
que mistura
invisibilidade,
silêncio profundo, isolamento e exílio.
Nesta cidade
"cheia de pessoas invisíveis"
alguns são
mais invisíveis que outros.
São duas cidades
uma reacionária
que lambe os anchos
dominantes,
outra contestatária
fadada a tomar a vez

para não desaparecer
como quem perambula
com fome sem-teto
sem-emprego,
sem-nada
na região sul da cidade.
Quem sabe
se poestisar os dias
de inverno na Praça do Japão,
suas cerejeiras transbordando
imagens e conceitos,
as folhas que caem lindamente
ou como planam
frívolas as borboletas,
aí sim, diriam que
são versos maduros.
Se soubesse o que fazer
com o poema,
largaria pretensões de
reconhecimento estético
dos especialistas em
embelezar a ruída.
Por sorte, sei que toda
arte não depende
dos gelatinosos
escrivães de
mentalidade colonial
vislumbrando
novos mercados

de consumo

de lixo

sofisticado pra

deixar os dias mais

leves e requintados.

Dalton está certo

desde 1947:

soará a hora,

de lançar o navio

ao mar aventuroso,

nossa geração está

empenhada em romper com o passado,

fazer arte,

simplesmente arte.

ESCRIBAS

intellectus quarens iram

ira quarens intellectum

São muitos escribas.
        Certamente milhões.
Escrevem bem,
        mas são condescendentes?
Muitos intelectuais
        autocentrados
        clows
        alheios e distraídos,
        indiferentes e ausentes.
Eternos ingênuos inocentes.
Ignorantes da situação
        e do papel das classes
                em suas lutas.
        Cada um assumindo
        sua posição social
        sem riscos "desnecessários".
Cópias servis e voluntárias
        dos sofismas garantidores
                do status quo.
Com diplomas de boa alma,
        se fingem alheios
        ao capitalismo-destrutivo.
São "críticos" do que está aí
no vazio das especulações

intelectuais individualistas
imobilistas,
    às vezes críticas,
    às vezes cínicas.
Subjetividade
superpondo-se
aos fatos.
Obras sem outra causa
    que não carências,
        desfalques afetivos,
      incapazes de assumir
        responsabilidades políticas e culturais.
    Por trás da inocência,
      certa hipocrisia.
        Sonho latente de ser opressor?
        Niilismo? Oportunismo?
          Quantos nos desagregam
          sem saber, quantas boas
            almas puras aceitam tempos
            sombrios, hesitação que dilacera.
      Isso quando não aprovam
    com naturalidade a hierarquia
      das classes superiores.
    Escravos inteligentes,
      mas ainda escravos.
    Livres para arte de fraudar.

AO VENTO

invoco para
        apartear o poema
dalton trevisan
        com palavras curtas
                outras longas
        precipitando o fardo
                        da expressão
        josé paulo paes
                modelo concretista
walmor marcelino
                quem dedico o tempo
                e a história
        helena kolody
domingos pellegrini
                todo sentido
                        incompreendido
        wilson bueno
paulo leminski,
        levantem mares infinitos
                flutuem os ventos
                        cantarolando versos
                                vivos
                        que arrebatam
                                certezas duvidosas
sylvio back
                seus caranguejos
                ainda estão soltos

manoel de andrade
e toda liberadade
te declamo
te exclamo
em regozijo
paulo venturelli
não peça licença
pois te aprendo assim
contraditório
jamil snege
e as obras no rascunho da alma
que persistem como rancor
e ruminam deveres
e retratos de nossa época
quantos brisais
ainda brisam
jaques brandt?
tasso azevedo da silveira
nelson padrella
que atira rolhas e miolos
de pão em transeuntes
me lembro quando joguei
papel higiênico molhado
em tua pessoa
emilio de menezes
emiliano perneta
te leio como
salmos hostis
leôncio correia
dario vellozo

por onde anda
colombo de souza
leonardo henke
julia da costa
armando ribeiro pinto
verves explícitas
jussara salazar
teu canto rouco
tua voz ainda quer ser ouvida
alta e forte
glauco de sá brito
calcida bhering franco
seu ser, não-ser, vir-a-ser
samuel guimarães da costa
os trocadilhos
miméticos de
sérgio rubens sossélla
sinais fervorosos
das lutas populares em
noel nascimento
com toda precisão
determinação
e velocidade
dos circuitos mentais
ligando pontos
longínquos numa expansão
única, decisiva, concisa
e memorável.
reinoldo atem
hamilton faria

trovas sadias
em becos reminiscentes
sanches neto
oscar milton volpi
vampiros bugres,
perambulando afoitos
roberto gomes
david gonçalves
valêncio xavier
quantas guerras em curitiba
manoel karam
o tempo é agora,
sempre é agora
cristovão tezza
nos arvoreia
elias farah
aramis milarch
adolpho mariano da costa
invoco tuas vozes
tuas letras
pra sedimentar
entendimentos
thadeu wojciechowski
apareça como
irradiante golpe feroz
fábio campana
pode ser em meias-palavras
tricotadas
com ossos polidos

SOREX vive dentro

de nós

bearzoti?

Que óde mundana

nos silencia

leprevost?

ricardo pozzo

gontijo flores

quantas bombas-relógios

nos visitam

carrano?

octávio camargo

tua ilíada,

nosso homero

sálvio nienkotter

de livros e ensejos,

lembro tua pulsação

paulo silva sá

dadá e seu teatro popular

carlos marés

em 68 convocando

os estudantes à resistência

e tereza urban

na tua vida

inflamada

nossa cura

luiz manfredine

otto leopoldo winck

luci collin   ricardo corona

marcelo sandmann
e tantas outras e outros poetas
proseadores da nossa novela social
convoco
compositores de samba
maé da cuíca, mão orminda, chocolate,
lápis em sua ginga, ribeiro e riboli
viva gogó de ouro, peba e queiroz,
garibaldis, sacis e sindicatis,
salve mocidade, salve leões,
salmazo, leo fé,
e outro lá que nunca
soube o nome
ricardo pazello
élio chaves
yuri campagnaro
bernardo brandão
jean gabriel
fernando ribeiro
ingrid coutinho
sesóstris
camaradas de sambas
resistentes
maria navalha
no seu ecoar
o espírito feminino
que nos compõem
delírio
de exatidão.
chame ivo rodrigues e todos bichos

do paraná, carlos cachaça
todos instrumentistas
raul de souza, glauco, saul do trompete
waltel branco, galetto e todos dançarinos,
circenses em desatino
figurinistas, atores e atrizes
diretores e fotógrafos
maquiadores arlequins
palhaços e palhaças
técnicos de som
pessoas de toda gente
povo armado com arte
pensamentos compartilhados
no alambrado formado
por gerações,
comissários eternos
tirando a poeira
do esquecimento
na viva voz
do que nos une,
brava essa arte,
enfim epopeia
que tarde e falha
mas não se conclui.

AOS QUE VIERAM ANTES

Perdi a eternidade quando tantos
morreram em batalhas
que deveriam ganhar.
Seus pedaços vivem embaraçados
contemplando
as gerações viventes.
Alguns traços mortos-vivos
ainda pedem assinatura,
mas quem se dispõem?
Para cada vazio do desespero,
o empoeirado esquecimento,
mas alguém,
alguém há de ficar ao teu lado.
Devem continuar
a viver.
Confio em tuas ressureições
como sombras imanentes
de guerras vindouras,
pois pertencem ao futuro
onde todos calvários
estarão presos no arame farpado
diante de nosso avanço revolucionário
trovão pau e canhão
destroçando a decadência
que ainda se infesta
ameaçando a sobrevivência
da humanidade como um todo.
Tenho certeza que
grandes almas te homenagearam.

ANTI-POESIA AOS SERES CELESTES

Para Nicanor Parra

Se escrevesse pensando
no incômodo escrito,
daria muito valor
ao meu eu-lírico.
Confesso que ele
anda meio perdido,
pois os céus então
caindo aos pedaços.
Ao invés do meu eu subjetivo
linear, perfeito e profundo,
prefiro uma aproximação
sincera com a realidade
contraditória, hostil e imunda.
Rebaixo o eu-lírico
aos infernos
perpetráveis. Às vezes
parece nada
meu sujeito poético. Uns já dizem que é!
Pode ser que exagero
algum erro,
mas sinto falta da poesia
significante para gente comum,
anti devaneio, transposição
ao plano real que

o cimento surreal da imaginação
por vezes dilui.
Como ser racional
num mundo irracional?
Estou nele, no cotidiano concreto
descoberto
levado pelo movimento
imprevisível
da dissolução quase completa do sujeito lírico
e da humanidade.
E a forte tendência à subjetividade,
as impressões sentimentais das coisas
intimidades obscuras e
geografias de sentidos?
Sim, estou alheio
há transcendência metafísica,
conformado pelas qualidades
medianas e limitadas
que me fazem ser
quem sou. Uma pena.
Afinal, o poeta é um qualquer
que conversa o dia a dia.
Denuncio o poeta enjaulado,
por vezes exaltado,
poeta de café.
Confesso que deveriam ser julgados
pelos versos ao acaso, sonetos sobre nada,
destituídos de tempo e espaço,

sem contar os que declaram,
no alto da palavra
pura e escolástica
contra a poesia engajada
contra poesia do presente
contra poesia proletária.
Chega dessa poesia adjetiva
nasal, arbitrária e copiada de livros.
Chega de poesias sobre nuvens e
frivolidades ornamentais.
Chega de poesia
ambígua, difusa, destituída
de significação histórica.
Propugnamos
a poesia do amanhecer
versos eletrocutados
sem qualquer louvável parecer
obrigado a inventar sentidos e direções.
Poesia que chegue
igualmente a todos.
A poesia da praça
e do protesto social.
Sem meias palavras aturdidas,
é hora
de poesia viva
e pavor da letra celestial.

É URGENTE

É urgente golpear
toda delicadeza da
estupidez que nos
cerca e domina.
É urgente derrubar
os muros, arrancar
dos escombros
as máscaras
dos vendilhões.
É urgente denudar
o descompasso
do abismo,
apertar a descarga
e mandar
longe
os excrementos.
É urgente enterrar
os cacos e jogar
fora todo entulho.
É urgente investigar
as ideias
que aprisionam.
Só descendo ao inferno
se vê o tamanho do estrago
que ninguém deve revelar

para não causar
danos às normas
que artificiosamente
inculcam medo e subserviência,
gerando sujeitos apáticos
capturados pelos gestos e
condutas, subtraindo
coisas, lugares, animais e pessoas,
corpos inertes, dóceis e frágeis.
É urgente
reabrir o caminho
infinito que
nos ocultam.
É urgente ferir
a língua, reconstruir
o punhal agudo
das vozes,
das causas.

ESPERANÇA

Em tantos tumultos
nos encontramos
bradando por justiça,
não a lei feita por
interesse de classe.
Justiça como
emancipação,
com retrocessos
e ilusões
que as vezes
nem o tempo
lembra.
Se perguntas não calam
a vontade inexata
se redenção,
por favor
me convoque que
levo o violão e o escudo
de João Maria,
vamos entrar com versos rápidos
no terreno do inimigo
e da vitória erguer esperança.
Só peço que seja realista
com as verdades populares
mais profundas
e mundanas.

SEM RETORNO

A cicatriz não fecha
no intervalo de alegria,
oxidando as veias
vazantes num
corpo que se agita
e desanda
pó
das sombras
acumuladas durantes
os anos
esvaziado
urge
e reacende
reagrupa a esfacelada
encurralada
esperança
inexplorada.
Não,
não saio do poema
limpo. Saio ferido e sujo,
num ponto
sem retorno.

pólen bold 90 gr/m2
tipologia garamond
impresso no inverno de 2022